桑贝：一个画画的音乐家
MUSIQUES

和马克·勒卡尔庞蒂耶对谈

[法]让-雅克·桑贝 著/绘　李一枝 译

上海译文出版社

到底是该为选择了这样的人生高兴还是该为没有选择那样的人生抱憾呢？每个人都有自己的观点，不过对于已经创作过千千万万幅画作的桑贝来说，他打心底里认为自己更愿意成为一名音乐家，而且一切都让他笃信不疑。

一切从他背着父母晚上拿着收音机听音乐开始，从他听到德彪西的《月光》惊讶得"呆若木鸡"开始，从他"疯狂地爱上"艾灵顿公爵开始，从他在钢琴上弹奏出格什温的《爱人》开始，那是在他每周都去的波尔多的少年之家，这个年轻男孩有了一辈子的音乐梦，他想象着有一天能够加入雷·范图拉的乐团。

桑贝的家境永远无法让他选择这样的人生，于是他便尝试着在巴黎的报刊杂志中为自己的幽默画寻得一席之地，后来他又得到了创作绘本以及为《纽约客》工作的机会。正如安德烈·霍尔内歌中唱的那样："选择职业的时候总是令人苦恼，我们无法像拥抱爷爷一样拥抱自己的职业选择……"

绘画上的成功没有磨灭桑贝对音乐的热情，他一如既往地爱着那些曾经"拯救人生"的人：艾灵顿公爵、克劳德·德彪西、莫里斯·拉威尔，尽管他承认还花心地喜欢过查尔斯·德内、保尔·米斯拉基、米蕾耶，还有米歇尔·勒格朗。

读者也许会对这本书中入选的画作感到不解，需要肯定的是每一幅都是必选项，这些未发表过的画作能让读者注意到桑贝的天才和他喜欢的音乐之间的亲密关系。在这些画里，仰慕的亲昵驾驭着线条，随意中流露出温柔，快活衬托了沮丧。白天的梦和晚上的梦在这里相会。

拥有桑贝这样的艺术人生该高兴还是抱憾呢？斯坦伯格称自己是一位"画画的作家"，我们斗胆借用他的这句话，桑贝他呢，可以称作是一位"画画的音乐家"，一位有爵士乐感的画家。

马克·勒卡尔庞蒂耶

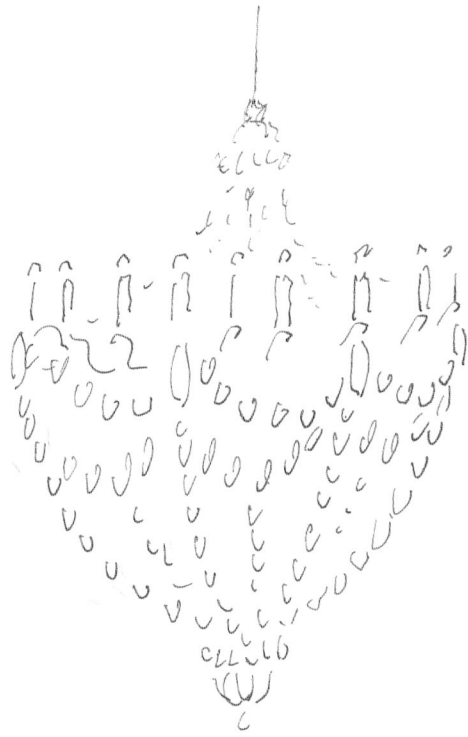

我想我要去巴黎，

我要成为雷·范图拉的朋友，

那样他手底下的音乐家们都能教我音乐，

我就能同他们一起演奏了

马克：您一直都梦想成为音乐家吗？

桑贝：那当然！就好比我原来经常去天主教少年之家，您问我愿不愿意成为圣彼得的朋友，我肯定愿意成为圣彼得的朋友啊，只要我们趣味相投。（大笑）

马克：您梦想见到您仰慕的音乐家吗？去多了解了解那些写出了让您着迷的音乐的人们？

桑贝：我从来没跟人说过有一天我干了一件疯狂的事，那时候我还小，那件事给我印象特别深。我在一张叫做《晚会》的唱片里，有可能是叫《小小音乐家》，听到杰奎琳·弗朗索瓦演唱一首保罗·杜朗写的歌："晚会结束，小小音乐家回到家……"在这张碟的结尾处有一个音乐动机[1]我觉得特别优美，于是我四处寻找宝丽金公司的地址……我给保罗·杜朗先生写了封信，寄到宝丽金唱片公司，我对他说："先生，在您为杰奎琳·弗朗索瓦配曲的最后部分有一个动机非常棒，也许可以发展成一首优美的歌。"很多年之后我在电台听到保罗·杜朗接受采访，他说，一天有人写信给他说您该用这个动机写首歌……我特别震惊。

马克：他接受了您的建议……

桑贝：肯定是有其他人跟他说过……

马克：您这么酷爱音乐，您却画画去了……

桑贝：我为什么画画去了呢？因为弄到一张纸一支铅笔可比弄到一台钢琴容易多了。

---

1. 也翻译为"乐想"或者"母题"，是作曲者在作曲时的一段简短的音乐灵感、反复再现的几个突出的音型、一小段音符构成的音乐片段。它通常奠定了该作品的主要基调，对作品有着特殊的意义。

马克：不过您一直盼望有一天能玩音乐？

桑贝：对对，一直盼望，我想我要去巴黎，我要成为雷·范图拉的朋友，那样他手底下的音乐家们都能教我音乐，我就能同他们一起演奏了。

马克：奇怪呀，您怎么没给自己想想办法呢，您也可以给雷·范图拉写信呀……

桑贝：我当时不知道可以这么干嘛。

马克：您小时候那会儿跟音乐沾不上边吧。

桑贝：这就跟我特别喜欢体育运动一样，可是运动得有双球鞋，得有装备。这都是一样的，都是梦。所以我就去……

马克：……游泳啦……

桑贝：我一点儿都不喜欢游泳。

马克：所以您就一直一边画画一边做着音乐梦？

桑贝：是啊，不过那完全是另一个世界。我认识一两个学音乐的年轻人，他们都是布尔乔亚家庭的小孩，对我来说那完全不可能。有一次，我去了他们其中一人的家里，他母亲光彩照人，人又客气，我简直到了另一个世界，到了电影里。对我来说这是不可想象的！

马克：您梦想演奏什么乐器？

桑贝：钢琴，没错，我特别爱钢琴。

马克：钢琴最容易吧，因为音符都标记好了……（吹气）吹小号的话还得找音……

桑贝：那当然。

马克：小提琴也是啊。

桑贝：没错……

马克：所以您选了最容易的！（大笑）

桑贝：您更盼着我摇沙槌吧？我当个沙槌手？沙槌，您可能还不知道，是乐团演奏曼波、波莱罗、桑巴这些舞曲的时候用到的玩意儿。跟迪兹·吉莱斯皮[1]一起玩音乐的有个人叫泽维尔·库加，他就有演奏这种音乐的一支乐团，全世界有名。他的音乐就是用来跳舞的，我觉得很欢快很有趣。

马克：您舞跳得好吗？

桑贝：特别差劲，不过跟所有人一样，我也就新年那天和婚礼上跳跳。

马克：您喜欢听音乐，是为了记住旋律？您有绝对听力吗？

桑贝：哎呀没有！绝对听力是可以听得出音高。绝对听力不是说记住一段旋律，不是这样的……这只是耳朵好而已。

马克：您呢？您耳朵好吗？

桑贝：好吧，我有副好耳朵。不过吹嘘自己有副好耳朵有点搞笑吧？

马克：绝对听力，很厉害……

桑贝：根本扯不上！我跟您再说一遍：有绝对听力的人能听出音叉的振动频率。根本不一样。

马克：这些东西我不太了解……

桑贝：我就是喜欢这些东西，我也不懂，我就是喜欢。

马克：那我让您听一遍《月光》，您能给我演奏出来吗？

桑贝：有可能吧，不过肯定弹得特别惨！我亲爱的马克，我不想让一个已经不在人世的人难受。

---

1. 美国爵士小号手、乐队领袖、歌手、作曲家。

马克：尽管您酷爱音乐，您还是一直坚持画画，这个人生选择您后悔吗？

桑贝：啊！一辈子的遗憾……但凡我见着一个孩子，第一个问题就是问他："你学音乐吗？"……像我这样看不懂乐谱的人简直就跟文盲一样，文盲太可怕了。当然可以等年纪大了再学，不过要想脱盲太难了，要花很长时间。就像您决定从阅读《队报》第一页开始搞懂足球是怎么回事一样，"波尔多 3 比 1 胜南特，上半场战成 1 比 1。梅纽被红牌罚下，帕里索禁区内受伤……"就这么点您就得花一个月才能搞懂意思。实在不值得！

　　哎，音乐对我来说永远是个未知世界！就像中文一样……

马克：您应该多下点功夫啊！

桑贝：说得轻巧！我所有时间都用去画画了，就为挣个两块五法郎。

马克：是啊，不过这是一个选择？

桑贝：没得选……我得付房租，所以我要抓紧时间画画，我要很快卖出一张画，日子才过得下去。

马克：在您的第一本画册里没有什么关于音乐的画，是不是说明您忘记音乐了？那个时期您脑子只想着幽默画？

桑贝：(沉默) 我在音乐上是个文盲，在画画上也是，我一头扎进画画的时候把一切都放在一边了。

马克：您想要跟乐团一起登台演出吗？

桑贝：当然想咯，我一辈子的梦想啊！

马克：如今您弹钢琴的时候开心吗？

桑贝：哦不，一点都不开心，我觉得自己太丢人了，惨不忍睹。

马克：您上钢琴课吗？

桑贝：我上课是为了逼着自己练习……太痛苦了。每次老师来的时候我都为练得不够好感到惭愧，我真不该冒险学钢琴的。

马克：不过您已经学了。

桑贝：哎，是啊。

马克：这是一项需要放低身段的练习？

桑贝：不是放低身段……是丢人现眼！什么都不懂的时候身段放低很容易。我呀，我意识到工作就是这么回事。别当音乐家，太可怕了。迷人的巴赫有天说过一句话："任何一个像我一样用功的人都能做得像我一样好。"这当然是一句特别谦虚的话。不过我觉得也没全错：音乐啊，演绎啊，首先都是技术活，跟画画一样！我们总是说要有灵感，不过都是要下功夫的啊。

马克：巴赫还是有点天赋的吧……

桑贝：不，不，对，不过要下功夫。

马克：天赋、天才这些都不存在咯？

桑贝：不过需要下苦功夫去培养这种天赋，音乐是这样，足球也是这样。

马克：幽默画也是这样……

桑贝：全部都是。这才是最复杂的……卡拉斯[1]，每天早上她都坐在琴前，她要唱的歌她早就烂熟于心，但是她都要在钢琴前待几个小时寻找她理想的声音……

马克：钢琴家一遍又一遍练习同一首曲子，您也在画稿前花几个小时一遍又一遍地画同一张画吗……

桑贝：我不确定您这样对比合不合适。对我来说，我尝试画出一张……还过得去的画。不过，好多我觉得画得难看的都扔掉了。

马克：您画过得有几百张音乐家、乐队、合唱团的画吧……

桑贝：有时我想要画一张幽默画时，脑子卡壳了，我向您坦白这种情况的确发生过，我一边盼着脑子开窍，一边借机向我喜欢的甚至是有点嫉妒的业余音乐家或者不知名人士致敬。有时候我画弹钢琴的、吹萨克斯风的、有时候画拉大提琴的、拉手风琴的，这是我对他们友好的小小致敬。

马克：您下功夫练习的话能最终成为音乐家吗？

桑贝：首先，我已经这把年纪了。而且总有些事情来打断这项计划：一个电话打断了啊，一件工作上的事情打断了啊，一个包裹到了啊……

马克：然而您是还确信，比起画家，您更想当个音乐家？

桑贝：绝对是的，我亲爱的马克！尽管这好像让您惊讶，我从心底里后悔没有成为音乐家。当我笨拙地弹钢琴的时候，我一点也不高兴，甚至觉得有点丢人。噢，是的，对我来说没有什么比音乐更好了！

---

1. 美国籍希腊女高音歌唱家，被认为是历史上最有影响力的女高音之一。

马克：音乐比幽默画更难琢磨吗？

桑贝：（大笑）不能这么比。如果您要把我想扔出去的纸飞机跟一架波音做比较，这是您的权利，不过我不想讨论这个问题……

马克：在这两者中我们都会把伤感和快乐混合在一起……

桑贝：……

马克：意识到生活的荒诞。

桑贝：当然！可能吧……

马克：从这一点来说，音乐还挺像幽默画的……

桑贝：随便您怎么说……

马克：有共同点的，幽默画也给人梦想，让人思索……

桑贝：可能……可能吧。不过不能把中午跟乡下的神甫吃了一顿饭跟上帝在午饭前造访相比。

马克：所以说您只是个乡下神甫？

桑贝：对！太好了，您终于明白了我费了半天劲儿在跟您解释什么！

马克：您第一次弹钢琴是什么时候？

桑贝：拥有一架钢琴在我小时候是想都不敢想的事情。一天在我那个少年之家里，有人搬来一架钢琴，一天下午我在那架钢琴上弹出了乔治·格什温一首歌中的一小段。

马克：您是怎么找到这些音的？

桑贝：喏，就像这样咯。（他弹起钢琴来）

马克：您在收音机里听过这首曲子然后用您的耳朵记住了？

桑贝：对呀，这个您也可以。

马克：噢不，我保证我做不到……

桑贝：我弹出了《爱人》……激动得不得了。我在想这首歌就这么漂洋过海来到了我的手指下……我欣喜若狂得都听不懂正常人说话了，要是有人说"您的鞋带散了"，我肯定不明白他在说什么。要是有人说"赶紧的不能迟到"，我完全听不到！我聋了，我昏了，我竟然弹出了一小段格什温。这简直是个奇迹……"这怎么可能呢？这究竟是怎么发生的呢？我在钢琴上哒哒哒哒……就敲出来了。"我要疯了！

马克：干了这么了不起的事您还是特别自豪吧？

桑贝：没有半点自豪，因为我在想接下去该怎么办。正相反，我沉默了。我兴奋得昏了头，不过该怎么继续下去呢？哒哒哒哒……这样一根手指头敲钢琴算什么？太难了……

马克：您那时候几岁？

桑贝：我那时候是在波尔多的少年之家里，十三四岁……

马克：您什么时候才有了钢琴？

桑贝：（沉默）很久之后了！我从来没想过"我要一架钢琴"。我女儿英加有一架。她特别有天赋。可是有一天当着特别看好她的钢琴老师的面，她盖上了琴盖说："我就想做一个普通的小女孩，音乐到此结束。"当我们听懂了她的话，知道一切已经结束，那就到此为止。于是，她妈妈说我可以把那架钢琴搬过来，就这样我又重新鼓捣起钢琴来……

马克：又弹格什温？

桑贝：是的，又弹《爱人》！……只会弹这个。

马克：就这么把记住的在钢琴上弹那么一小段出来您就心满意足了？

桑贝：我特别陶醉，有点可笑吧！

在收音机里，

  我听到了讲德语的，讲阿拉伯语的，

什么都有······

    一直到找到我喜欢的音乐

马克：您第一次听到让您惊讶和感动、让您喜欢的音乐是什么时候？

桑贝：应该是我五六岁的时候……有一天我扭着玩父母的收音机，不经意地突然听到了一首我喜欢的保尔·米斯拉基的歌，所有人都知道这首歌，是雷·范图拉演绎的。就是人人都知道的《我们期待的幸福是什么样的？》。我一下子就特别喜欢。这就是幸福啊！或许是因为我小时候日子不好过，当我听到这首歌的时候，那简直是一种我从来没有体会过的快乐，让我印象特别深刻。从那天开始，我对音乐不仅仅是喜爱或者偏好，那简直是走火入魔了。我开始在收音机里不停地搜啊找啊我喜欢的音乐。

马克：您从六岁起就经常听收音机了？

桑贝：我在夜里听收音机。等我父母睡下，我就重新爬起来把耳朵贴在收音机上。直到我深爱的好爷爷去世的那天，我忘了什么原因我母亲把收音机锁了起来，那台收音机就不响了。不过有一天我父母打架的时候，他们中间不知道哪一个拽到了收音机的线，啪，收音机掉到地上，又重新响了起来。就像个奇迹！他们接着把一切砸烂都可以：只要有了收音机，我的人生就得救了……

马克：……大半夜听收音机？您一晚上能睡几小时啊？

桑贝：我说的夜里是十点十一点左右……我父母睡得早：我第一件事就是打开收音机找啊搜啊我的音乐。我听到了讲德语的，讲阿拉伯语的，什么都有……一直到找到我喜欢的音乐。

马克：您第一次听到的音乐是雷·范图拉。然后呢？

桑贝：我喜欢美国音乐！我找到了一个自由派的电台，我不知道它怎么念，我只懂一两个英语单词，不过靠着这一两个单词我尝试着翻译……当然了我肯定是乱翻的。有位名叫艾美·巴瑞里[1]的，他是现在我一个朋友的祖父，是他又一次打动了我。

马克：在雷·范图拉之后您怎么发现的艾美·巴瑞里？还是搜出来的？

桑贝：我听过一张碟名叫《查尔斯·德内，巴黎爵士乐团伴奏》。在诺埃尔·奇布斯特指挥的巴黎爵士乐团里有一位名叫艾美·巴瑞里的小号手演奏了很长一段音乐主题，我认为那

---

1. 法国爵士小号手、乐队领队。

简直是个音乐奇观（我的确是对的，那一段吹得特别特别好！）。他把所有学到的都糅合起来，吹得特别好，太出色了！我震惊了！我明白了有些人有能力把简单的事情做得特别漂亮。

马克：吸引您的是音乐，不是歌词？

桑贝：查尔斯·德内的歌也不错，不过，还是音乐，是艾美·巴瑞里的演奏打动了我……

马克：查尔斯·德内那首歌叫什么名字？您还记得吗？

桑贝：记得记得，《魏尔伦》。

马克：所以比起查尔斯·德内，您更喜欢艾美·巴瑞里？

桑贝：对。我听习惯了查尔斯·德内。

马克：查尔斯·德内您听得多吗？

桑贝：我听过一些别人给我听的；大部分时候我都发牢骚，我觉得特别难听……我不想让任何人难受，不过蒂诺·罗西[1]我听不下去……

马克：这些音乐上的"新发现"，您同其他小伙伴讲过吗？

桑贝：我尝试着跟几个小伙伴分享，他们觉得我有点不正常……他们并没错，我确实是不太正常。我好想有一个能一起聊音乐的小伙伴，可是跟他们聊音乐就像我在同他们讲中文一样。对于他们来说一首歌就是一首歌，就是拿来跳舞的，就是弄出一点响动……他们不怎么感兴趣，他们更爱玩弹子球和踢足球……

马克：您跟父母聊音乐吗？

桑贝：您还不如问我会不会跟我家猫聊超级写实主义艺术家呢……

马克：很多年您都一直在偷偷地听收音机？除了雷·范图拉、艾美·巴瑞里、查尔斯·德内，您还有别的发现吗？

桑贝：一天有一档雷·范图拉的节目，这位牛人在讲他们拍摄的一部电影，钢琴师给了一段伴奏，在这段钢琴里，（我以我一直都有的预感）辨认出保尔·米斯拉基的调调，我觉得特别美。几天之后还是在收音机里搜台的时候我听到了相同的调调，麦克风里传出一个声音：

---

1. 法国歌舞表演风格的男高音。

"我亲爱的桑松·弗朗索瓦[1]，感谢您为我们演绎《月光》，这首曲子是德彪西《贝加莫组曲》中的一部分。"接着桑松·弗朗索瓦说："这是法国音乐中的一件瑰宝。"我原以为是保尔·米斯拉基的那首曲子，我这么以为，因为是雷·范图拉乐团里的钢琴师弹出来的，竟然就是德彪西的《月光》。就这样我认识了一个名叫克劳德·德彪西的家伙，他写了——我那时候还不知道名字怎么拼写的——《贝加莫组曲》。我根本不知道，《月光》让我特别陶醉，因为我很喜欢保尔·米斯拉基，我还以为这是他写的……根本不是！

马克：您不知道德彪西是谁？

桑贝：根本不知道！

马克：您那时候分不清古典音乐和通俗音乐之间的区别，保尔·米斯拉基就属于通俗音乐？

桑贝：分不清，那时候对我来说只有音乐。听到德彪西的《月光》，我"呆若木鸡"，桑松·弗朗索瓦的这句点评，我每个字都记得清清楚楚："这是法国音乐中的一件瑰宝。"就这样我爱上了瑰宝，爱上了法国音乐中的一件瑰宝。打那时起我就在收音机里四下翻找只要是瑰宝的东西……（大笑）

马克：然后您又找到了其他瑰宝？

桑贝：对，我晚上的时间很少，到了十点半我从房间里顺着长长的楼梯溜下来，把耳朵紧贴着收音机，我在听一家美国电台，他们放歌也放爵士乐。我从那里听到了到现在为止一直爱得发狂的艾灵顿公爵，就凭在电台节目里听到的音乐，我就特别迅速地迷上了艾灵顿公爵。

马克：您记得听到的第一首曲子是什么吗？

桑贝：当然是所有爵士乐迷都知道的《搭乘 A 号列车》。我一会就给您弹，您能认出来的。（他哼哼起来）

---

1. 法国钢琴家和作曲家。

26

马克：您刚发现艾灵顿公爵的时候十五岁……

桑贝：噢不，还要年轻一点，是啊，我一听到就特别喜欢。

马克：您没有其他途径再听到这首曲子吗？

桑贝：唉！不久之后当我骑着自行车去送葡萄酒样品的时候，我经过一条街，那条街名叫圣凯瑟琳娜街，那儿有一家卖乐器和唱片的店。一天我看见橱窗里摆着一张大大的黑色的中间有一圈红色的圆盘，我看到上面写着"艾灵顿公爵和他的乐队"。我说："什么？这里面有艾灵顿公爵？"我又一次疯掉了！就像……你现在眼看着一个人飞起来一样！你是个头脑理智的人，你从窗户望去看见一个人在天上飞……你疯掉了！我一看到这个蒙了，太酷了！我心爱的音乐家们就在这个黑色的玩意儿里面？

马克：然后您走进了那家店？

桑贝：没有，我做不到……那得花多少钱呐？不过有一天我还是鼓起勇气走了进去……我对一位和蔼的女士说想在买之前试听。我拿着艾灵顿公爵的唱片一听……又是一次震撼！我听到了所有一切：翻乐谱、嘈杂声，一切我都听到了！我在试音间里心想这怎么可能，我踉踉跄跄地骑着自行车一边往葡萄酒商店赶，一边想我要疯了，我要疯了！我满脑子全想着这个！按照时事新闻里的画面想象着纽约的场景，一群黑人音乐家冒着雪带着他们的乐器叽叽喳喳地走进一幢摩天大楼，在录音师的协助下，这群人把艾灵顿公爵的音乐奇迹般地装进了这张塑料圆盘里……对我来说这就是一个遥不可及的奇迹。我不知道该跟谁说去，我只能跟自己说！

马克：没有一个小伙伴可以说吗？

桑贝：一个没有。

马克：您父母不管？

桑贝：不管。他们甚至会很惊讶吧。

马克：您买了那张碟吗？

桑贝：那位特别和蔼的女士让我听了好几遍，我内心备受好几遍煎熬，然后我对她说："噢，您明白的，我要考虑一下。"我抓起自行车逃走了，我逃走了……

马克：不管怎样，您那时候也没有唱片机？

桑贝：没有，对我来说这张黑色的玩意儿里面竟然有音乐简直是不可思议的神迹。还有那指针摩擦的声音……所有这些都妙不可言，天外之音。

马克：您的第一台 33 转唱片机是在巴黎买的？

桑贝：在巴黎十八区一间用人房里住了几个月之后，一天我的太太克里斯蒂娜送给我一台唱片机作为礼物，我马上去买了两张唱片：一张艾灵顿公爵，一张科洛纳乐团演奏柴可夫斯基。这对我来说绝对是个奇迹：我放上指针，接着我听到咔啦咔啦，然后是噗噗两声，不可思议啊！您别笑我：我第一次在电唱机上放唱片的时候就像我要飞起来一样！

说到这个我想起另一件事，在这之后不久，我要把给一家比利时报纸的画稿送到一家通讯社，在那里碰到了从纽约回来的勒内·戈西尼。一个从纽约回来的人站在我跟前，真是让我难忘啊！勒内看了我的画说："我说，您应该去纽约！"接着他问我："海胆您认识吗？"我说："海胆是什么我不知道。"他说："我请您吃晚饭，让您尝尝海胆。"我欣然前往，真客气。

30

　　我们在香榭丽舍大街的某家啤酒馆碰面，他点了海胆，为了不欠人情我问他："您有唱片吗？"他回答："没有。"于是我就说："待会上我家去，我给您听两张唱片。"吃完饭我们的关系近了一点，一起朝我家走去，爬上七楼，我打开门，克里斯蒂娜已经睡下了，勒内不愿意进门。我说："来吧，进来，进来。"

　　我俩坐在窄小的用人房里，我先给他听了那张艾灵顿公爵的唱片。我问他："他们一共几个人？"他说："什么？"我换了个清楚的问法："一共有几位音乐家？"他说："我不知道，七个？"我说："很不幸您大错特错，他们一共十七人，五个吹萨克斯风，四个吹长号，等等。"我这么解释给他听，接着我又放了科洛纳乐团那张碟，是柴可夫斯基的《花之圆舞曲》，《胡桃夹子》当中的曲子，我偷着乐地想，他大概害怕我继续问他科洛纳乐团一共由多少人组成。就这样我们成了朋友，海胆当然我也爱吃的……

看见一块肉时　　　你那专注的眼睛

舔一口锅时

你那迷离的眼睛

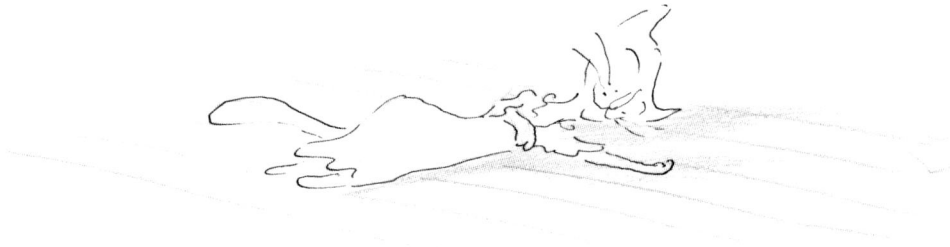

马克：能讲讲您那些词作家、曲作家、旋律家……创作者的头衔吗？

桑贝：我有一张没完成的压箱底的专辑名叫《奥利芙的婚礼》，这个故事里的角色都是猫。一只母猫奥利芙对她的女主人说她要跟维克多结婚了，维克多谎称自己是做进出口的，实际上那是他的假面具，他是个十足的无赖、骗子、采花大盗。当他向奥利芙表达爱慕的时候，他用降 B 调唱道（他唱了起来）：

看见一块肉时

你那专注的眼睛

舔一口锅时

你那迷离的眼睛

母猫奥利芙当即幸福地昏了过去！您肯定会同意就算让兰波来写，他也犯愁，不是吗？他也从来没写过音乐剧啊！

马克：您还写过其他的歌词，谱过其他的曲子吗？

桑贝：好多，我没有全部记录下来，有一箩筐。

马克：莫非都在您的脑子里？

桑贝：满满都是。

36

《夜里的明星》

夜晚散发着绝妙的芬芳
你的眼睛突然闪闪发光
啊那气味来自厨房
你朝着一楼走去
你心愿满足两眼放光芒

副歌：
天上千万颗闪闪的星星
不是夜里的明星
夜里的明星
不是天上的星星
那是一双眼睛，你的两只眼睛

看见一块肉时，你那专注的眼睛
舔一口锅时，你那迷离的眼睛
烤牛肉面前，你那鬼崇敏捷的眼睛
一会发黄一会发绿一会发红
你的眼睛与众不同
你的眼睛啊，永远是你的眼睛

je vais me marier.

副歌：

你的眸子里满是威风

你的眼神里满是自豪

一会发黄一会发绿一会发红

你的眼睛与众不同

只要看到它就像喝了乳水一样

你的眼睛啊，永远是你的眼睛……

图注：我要结婚了

副歌：

脚步鬼祟，眼神儿尖

两只小毛爪一蹬跳到屋顶上

你用尖尖的眼神看星星

月儿挂在明亮的天空上

夜里的明星

不是天上的星星

那是一双眼睛，你的两只眼睛……

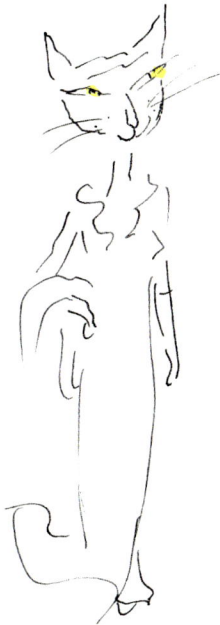

《狡猾的探戈》

狡猾的探戈
每一步都精心设计
步步提防地跳起舞
步步算计地跳起舞

我们一起跳起来吧，脚步要像狼一样
我们一起跳起来吧，脚步不要发出声响
我们头脑冷静，身影模糊
控制住内心的饥渴
我们要低调，我们不能错了脚步
这是我们猫儿的探戈

遵守沉默规则
控制好我们的情绪
耐心是我们的本事
猫儿世代不显摆
奶酪才是唯一的爱

头脑冷静下来
脚底下热起来
千万不要出岔子
我们的脾气收起来
按规矩行动要记牢
奶酪是我们唯一的目标

我们灵敏的嗅觉

让我们知道风吹草动

耐心聪明的计算

圣徒一般的顽强

朝着我们的奶酪进发

肯定有些人比我们更光鲜

有的人要当达达尼昂，有的人要当熙德

我们不要那么复杂

我们谦卑，我们聪明

我们肯定会得到我们的奶酪

一切都要算计够

要不猫生不如狗

《扑克骗子》

猫的世界看不懂
不要轻易地相信
一切都是在做戏

扑克骗子梅花黑桃方块
或者桃心
妹妹的衬衣只怕都要交给他

不论是有文化的，还是疯狂的学者
不论是搞研究的，还是灵敏的猎犬
所有我们知道的就是对猫一无所知

高高在上的猫，身无分文的猫
您永远不可能搞懂
他到底是怎样一只猫

不怕被人笑
不怕被人说
旁人议论随他去
不如煎好金枪鱼

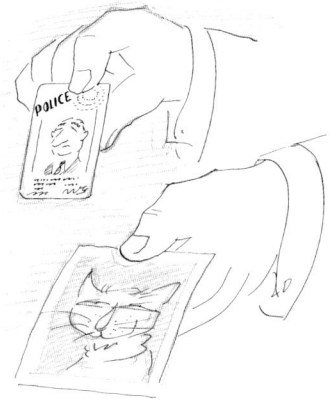

《猫》

一只风度翩翩的猫
魅力十足
除了魅力十足
贼心也十足

Bonsoir
Victor

图注：晚上好，维克多

这两幅图是为安娜·巴凯的演出海报以及唱片创作的

桑贝：我非常喜欢法兰西学院的一位作家，叫做米歇尔·戴翁。有一天在蒙帕纳斯大道上，有一人朝我走过来对我说："您好，让－雅克，您懂音乐？跟我说说吧。""我？为什么？""昨天晚上我去狐狸剧场给安娜·巴凯捧场，我在节目单上看到这么行字：《黑头发女人》由让－雅克·桑贝作词作曲。"我得意极了，米歇尔·戴翁和法兰西学院明白了有一位作曲家打从圣日耳曼大道上走过。

马克：您喜欢听安娜·巴凯唱歌吗？

桑贝：她父亲的这个女儿呀特别活泼逗趣，她唱得很好。她有真正的天赋，她不追随潮流，歌剧唱得好，逗趣或者温柔的小曲也唱得好。她是个欢快的女高音。我和她的父亲莫里斯一起滑过雪，莫里斯是一个人生经历让我十分着迷的朋友：他曾经是滑雪冠军，他攀登过好几座山峰，他演过话剧也演过路易·马里亚诺的轻歌剧，他跟普雷维尔兄弟和让·雷诺阿经常来往，还参加过十月剧团……

　　他这样全能的人再也没有了。他总能逗笑我，因为他脑子里第一个念头就是找乐子，跟他的朋友杜瓦诺一样。他没有如今很多人都遵循的"职业规划"！他还是个出色的大提琴家呢……

马克：您想过拉大提琴吗？

桑贝：我跟莫里斯学过！我呀知道一点就够了，没什么必要继续学下去……

雷·范图拉一首歌就完胜马拉美……

桑贝：我小时候把时间都花在收音机上了。我听了很多东西，不过雷·范图拉让我疯魔。我觉得他的乐团——真实情况也是这样的——就是一群他的哥们。我想我可以说雷·范图拉拯救了我的人生。

马克：当您说"雷·范图拉拯救了我的人生"时，您到底想说什么？

桑贝：我到底想说什么？雷·范图拉上电台节目的每一个时段每一个频道我都知道。因为我的童年过得不太好，当我父母打架时，不论发生什么，我都在想："一切都不重要，下周就有雷·范图拉的节目听了。"这让我在这么一个……艰难的家境中能够撑下来。

马克：单单想到有节目可以听就能安慰您……不过就是听雷·范图拉的歌嘛，又不是马拉美！

桑贝：不是。不过好过马拉美[1]！您知道法国诗歌的顶峰，我希望对您来说您是知道的。马拉美是突然被拉出来比较的，他永远无法对抗。好吧，有段歌词绝对胜过马拉美："一天晚上科洛纳乐团的演奏会上闹了起来。长号手有点跑调，指挥怒气冲冲地对他说：'我们在演奏《唐豪瑟》，而您呢，您吹的是《桑布尔与墨兹军团进行曲》。'长号手答道：'这个可以啊。'"[2]对于我来说，这才是现代诗歌无法企及的高峰。我来到巴黎过了很久之后幸运地见到了写歌的两个作者，保尔·米斯拉基和安德烈·霍尔内，我马上向他们吐露了无限的仰慕。他们都是了不起的人物，伟大的天才。

看看安德烈·霍尔内的另一首歌，写的是一个刚刚走上人生路的年轻男孩子，他需要选择一个行当。保尔·米斯拉基和安德烈·霍尔内是这么叙述的："选择职业的时候总是令人苦恼，我们无法像拥抱爷爷一样拥抱自己的职业选择。"没错，我理解马拉美听到这首歌该多扫兴。

---

1. 19 世纪法国诗人、文学评论家，与兰波、魏尔伦同为早期象征主义诗歌代表人物。
2. 引文来自歌曲《最好得个猩红热》，米斯拉基作曲，霍尔内作词。

还不赖!

来吧，

我弹左手，

您弹右手

桑贝：我跟您讲一件有意思的小事。我的书在纽约出版了，出版商为了给我庆祝一下或者是为了自己庆祝一下，搞了一次画展。开幕式那天来了一个高个深色皮肤的女士，一头染成红绿黄的头发，具体我记不太清了。总之，她的英语讲得特别好，特别亲切特别平缓，我都能听懂。她的用词非常简单，她告诉我她是艾灵顿公爵的妹妹。我当时别提有多高兴多感动了！她对我说："噢我哥！小时候我早上八点去上学，这个点我哥才回家。"于是我马上想象开来，一个卷头发扎着辫子穿着百褶裙的黑人小姑娘看到她哥哥踏进家门手舞足蹈，她哥哥眼袋老长，叼着一根老长的烟卷，拿着个包…… 所有这些就像烟花一般炸开在我眼前。而且我还想象到他那一身的威士忌味儿，因为他喝了一整夜…… 不过从早上开始，他就坐到钢琴边开始练琴。

这是她亲口对我说的。就是说当这个卷头发扎着辫子穿着蓝色百褶裙手舞足蹈的小姑娘中午回家的时候，发现哥哥仍然一直坐在钢琴旁没动过，他肯定抽过烟，但是他没离开过钢琴，他一直在练习。这是真的，真的是这样的……当她跟我讲这些时，我问："他在弹什么呢？" 她说："我忘了，他总想把一些音弹得更好，他做到了……"

马克：后来您见到了他，你们还说过话……
桑贝：没说几句……

马克：他是个自信的人，还是有点不安、焦虑？
桑贝：他是个总是开心的人，总是很有礼貌，那时候能在著名的爵士乐俱乐部——棉花俱乐部演出，能组建自己的乐队，他很开心…… 我喜欢这家伙……

马克：那时候他已经成明星了吗？
桑贝：还没有，在哈莱姆[1] 刚刚开始红。

---

1. 美国纽约市曼哈顿的社区，曾经长期是 20 世纪美国黑人文化与商业中心。

马克：不过他已经有了自己的乐队。

桑贝：是的。

马克：乐队人多吗？

桑贝：对，有十八个人。

马克：说到艾灵顿公爵，《航空信》里有一张画，画的是一个矮个子先生在街上吹着口哨……《桑贝在纽约》里您谈起这幅画的缘起时说，这个冒着雪走在路上的人吹的是《缎子娃娃》其中一个版本。就是说，您可以认出这首歌的不同版本？

桑贝：这是我真实见到的一幕。雪中的纽约一片宁静，我注意到了这个矮个子先生打着口哨吹着我熟悉的一段《缎子娃娃》，优美极了。我可以向您保证，尽管您好像有点不相信，那是一个1965—1966年的版本，对喜欢音乐的人来说，认出一首歌不同年代的版本并不难……

马克：对我来说，那还真有点难度……

桑贝：噢不，要是喜欢音乐的话，一点都不难。听到一首曲子就能知道它是哪个版本的录音，哪一年录的，是谁演奏的…… 乐队里都有谁，这些都能知道！

马克：所有的《缎子娃娃》您都知道？直到今天您还能辨别出不同版本？

桑贝：噢当然！我不知道该怎么说…… 就像喜欢军乐的人，很容易认出《马赛曲》不同的演奏者……我承认我还不及他们有本事呢！

马克：您可是同艾灵顿公爵一起弹过钢琴的人啊……

桑贝：噢，这样讲有点夸张……他待我特别客气，那天是在圣特罗佩，在音乐制作人艾迪·巴克莱的家里，我在没人的房间里等人，房间里有几架钢琴，我就胡乱弹了起来。突然一只手放在我肩上，用英语对我说："还不赖！来吧，我弹左手，您弹右手。"事情的经过就是这样。我出了一身大汗，人体能流多少汗都流了…… 就是这样！

马克：您就只回忆起出汗，那不也是个幸福的时刻吗？

桑贝：混在了一起……我想我那时候已经失去了理智……

马克：之后你们说过话吗？

桑贝：没有。之后他去一家餐厅吃饭，凑巧他和他的秘书一起坐在我对面，我高兴极了但是完全慌了手脚，就像乡下神甫看见上帝降临……他是那么的和蔼可亲，那么的有魅力……

马克：你们没有聊起音乐吗？

桑贝：没有。他有个很不错的秘书，应该是马提尼克人，法语说得很好，我通过她问艾灵顿："听我说，您有一位一米九的小号手最后一刻生病了，您用一位矮个子小号手顶替他，那么演出服该怎么办呢？"他回答："我看出来您爱我。其他人跟我说话时总是在谈论黑人的灵魂，不过只有出于真心爱我，您才会问这些我人生中总是来搅局的现实问题。总是有这些最后一刻掉链子的事，乐器找不到了，乐谱找不到了……为什么？这些让人抓狂的具体问题总是会有的。"您看这就是我们之间的对话……

马克：您喜欢听他的现场演出吗？您经常去看吗？

桑贝：去得比较经常，没错，那真是一段让我五体投地的回忆啊。

马克：怎么说？

桑贝：我像是进了天堂,那是百分之百的幸福。我看见了我的上帝,我看见了乐队的所有细节,我观察艾灵顿看这个那个音乐家的眼神，很有参与感……

马克：艾灵顿公爵没有不好听的，都很不错吗？

桑贝：不是，也有些糟糕的，不过经过打磨，他能做出很棒的音乐…… 对他来说重要的是能有一支任何时候都能表演的乐队……他给乐队成员付全薪，这样他可以随时召集排练。结果呢，这个全世界演出，挣了很多钱的家伙去世的时候银行账户里只有几美元！当他病得很重的时候，他经常给他的好朋友克劳德·波林[1]打电话，他求他把电话放在钢琴旁边给他弹奏一首曲子，于是艾灵顿公爵听到了大西洋对岸的波林为他弹琴！不可思议不是吗？

马克：在您的爵士乐名人堂里艾灵顿公爵排在首位？

桑贝：我的吗？没错。

马克：那么然后呢？

桑贝：然后有很多名字我可以列入……迪兹·吉莱斯皮、贝西伯爵……不过排第一的是艾灵顿公爵。是他发明了一切，把一切组合起来……

马克：您见过很多爵士音乐家吗？

桑贝：很多！总之不少呢……

马克：都有谁？

桑贝：贝西伯爵……汤米·佛莱纳根，他也是一位钢琴家，为艾拉·费兹杰拉德[2]伴奏过。一天我在书店签售，一位黑人先生走过来递给我一本书说:"这是给我太太的。"我问他:"她是黑人还是白人？"他一听很高兴，他说:"您这么问真是太客气了。"我以为这么问很冒犯，结果完全没有。他很高兴，他的太太是位白人小提琴家。这位先生就是汤米·佛莱纳根……

---

1. 法国爵士钢琴演奏家、作曲家、编曲家。
2. 公认为20世纪最重要的爵士歌手之一。

马克：人们常说爵士乐是一种忧伤的音乐，而您正相反，您说爵士乐是一种快活的音乐，在忧伤背后总是有一点快活。那么米斯拉基、米蕾耶、德内他们的快活都是一样的吗？

桑贝：在爵士乐里是这样的。我昨天晚上听了艾灵顿公爵的一张碟，他在里面重新演绎了一些老曲子，就是啊，这就是快活，音乐就是快活！

马克：这就是您喜欢的音乐……

桑贝：对于我来说，这才是音乐。

马克：这就是您的音乐……

桑贝：我一定要说两遍吗？这就是我的音乐！管它是不是经典的，不重要！

马克：再说，通过听艾灵顿公爵您学会了说英语？

桑贝：您没必要笑话我！一天晚上，机缘巧合身在波尔多的我听到了一个美国电台里有人在讲英语，其中一人就是艾灵顿公爵！我认出了他的声音之后我听到了他的名字。在一段对话里我听到有人在谈论艾灵顿公爵的一首歌《我开始看到光亮》，他写过的不少曲子被填词成歌。我用心地听歌手这么唱着（他字句清晰地模仿唱起来）：I am begin-ning to see the - light！[1] 我听懂了每个词：I am begin-ning 现在进行时……I am beginning to see the light。我理解成："我开始懂得。"几天之后，在学校里做英语练习的时候，我写了这么一个句子：I am beginning to see the light because yesterday night I have, etc。英语老师问我："你怎么知道这么造句的？"我说："什么？""现在进行时……"我不敢回答说是从收音机里听到的，我说："因为我去过伦敦。"这是编的，我总是在撒谎，我不停地给自己编造另一种生活。她问我："你去了伦敦？"我忘了这件事情怎么了结的……可能被罚留校了两个小时……

---

1. 意为：我正在开始看到光亮。

马克：那时候您经常编瞎话？

桑贝：无时无刻！

马克：别人相信您吗？

桑贝：我从来不问别人是不是相信我，重要的是编瞎话别人就不会知道我生活的真实情况……我什么都编，我不想让别人知道我的生活其实……很艰难！

马克：听音乐是唯一能让您忘掉艰难生活的时刻？

桑贝：还有我在报纸上看到的一些画，就像听到《月光》一样，我那时候惊呆了，我心想："那些人哪儿找到的想法，用人们接受的风格画出这样的画……"不过还是音乐拯救了我的人生。如果没有音乐，我肯定成了傻子，比现在还傻！

那些我喜欢的，

　　　拯救过我人生的人。

没错，

　　　他们是快乐的，

这些我爱的人，

　　　尽管他们偶尔悲惨过，

　　　　　不过总是快乐的。

马克：在法国歌手里面，有您喜欢的吗？

桑贝：那当然是查尔斯·德内，这家伙太出彩了。

马克：您看过他的现场演唱吗？

桑贝：当然看过！德内……就是一尊神，没有其他什么歌手比他更令人惊叹的了。

马克：他哪里让人惊叹了？真情流露？欢快？有力量？

桑贝：一种孩子般的默契……我们无法跳过德内：他有达·芬奇能画出蒙娜丽莎无法模仿的微笑一般出众的天赋。德内，他对音乐，对节奏，对歌词……的感觉完美极了，一种欢快的完美。

马克：德内总是欢快的吗？

桑贝：不是的，欢快只是表象。死亡一直游荡在他的音乐里。我每天早上哼唱的一首歌其实结尾处讲述的是自杀……为什么歌词这么黑暗，我仍然觉得德内是欢快的呢？ 这是一种生存方式吧。

马克：他的音乐也许也是这样的？

桑贝：噢，肯定的！查尔斯·德内有一种难以定义的特别的天赋，他不怎么练琴，但是他的钢琴弹得很好，他知道该怎么弹……他就是这样。

马克：有您特别喜欢的歌吗？

桑贝：选择困难，不过我经常听《别离一座城》，因为里面有艾美·巴瑞里，他那段小号伴奏特别棒。艾美·巴瑞里是个特别棒的音乐家。

马克：您是因为艾美·巴瑞里的小号喜欢这首歌咯？

桑贝：是啊，噢，也许吧！不过歌词和音乐我也都喜欢！都好听！对我来说，保尔·米斯拉基和查尔斯·德内几乎是同一个档次的作曲家。

马克：德内一直很有名，不过人们似乎忘了保尔·米斯拉基……

桑贝：维米尔[1]被人遗忘了好几个世纪，现在呢，他成了卢浮宫里的名人……

马克：您认为米斯拉基有一天会重返台前？

桑贝：米斯拉基不需要重返，为什么呢，查尔斯·德内讲得很清楚：他从未离开过，他全世界有名。《一切安好，侯爵夫人》《我们期待的幸福是什么样的？》所有人都知道啊，这是他的歌，只是人们不认识作者罢了。就像查尔斯·德内唱的《诗人的灵魂》，人们唱着"啦啦啦"却不知道是谁让他们心动，"诗人已经消失了很久很久，他们轻盈的灵魂幻化成歌，不论男孩啊女孩啊，不论富人、艺术家还是流浪汉，都为之快乐为之忧伤"。

马克：传闻米斯拉基的歌是一夜之间写出来的？

桑贝：是的，是在尼姆演出的时候应雷·范图拉的要求写的。第一个晚上的演出效果不够理想，范图拉想找到一首歌在演出结尾的时候给观众留下好印象。据说是丽娜·雷诺[2]的丈夫路路·加斯泰出的主意："我啊，我知道这么一个故事，有个贵妇人在外面旅行，她在电话里听说了一件又一件倒霉事儿，但是每次说完，电话那头都对她讲，您千万别担心侯爵夫人，一切安好。"保尔·米斯拉基这就跟一帮朋友们开始写歌，我听说他写了一整晚，就吃了一块卡门贝奶酪，第二天清早这首歌完成，当天晚上就大获成功。不过没过几天，当年有点名头的艺人"巴赫与拉维纳"喜剧二人组就站出来说这个侯爵夫人的故事他们演过好长时间了。雷·范图拉乐团里的都是耿直的人，于是他们就说："那好吧，把你们都算成作者。"后来又来了一个家伙要分一块蛋糕，最后有二十五个人分享了版权费，其他客气的人什么都没拿到……

马克：您知道这首歌后来被人们反复挪用到政治家身上，1936年大罢工时改成了《一切安好，赫里欧[3]先生》，伦敦电台甚至还播放过《一切安好，我的元首》……

桑贝：当然咯！我可不想讨论这些！

---

1. 17 世纪的荷兰黄金时代画家，代表作有《戴珍珠耳环的少女》《倒牛奶的女仆》。
2. 法国歌手、演员，其丈夫路路·加斯泰（真名为路易·加斯泰）为作曲家。
3. 法国政治家，1936—1940 年间当选国民议会议长。

马克：如今还有如此这般轻松的歌唱家吗？

桑贝：没有了……有一位特别有名的爵士乐钢琴家，比尔·伊文思[1]，给他侄女写过一首歌《给黛比的华尔兹》。您问的什么问题来着？

马克：如今还有没有人像米斯拉基、德内、米蕾耶他们一样轻松随便的呢？

桑贝：还有格什温吧……没有了，那个时代过去了。随便成了不靠谱。在1939年之前很长一段时间里，包括保尔·米斯拉基在内的很多人写的歌都很欢快，好像他们感觉到了灾难即将到来。首先要逗乐，然后别的再说。包括米蕾耶和她的搭档让·诺恩在内的所有音乐家，他们写的东西多么带劲："当一位子爵见到另一位子爵，他们会讲什么故事，子爵的故事呗！"听听，想象不到吧！"当一位侯爵夫人见到另一位侯爵夫人，她们会讲什么故事，侯爵夫人的故事呗！"多么了不起，多么别出心裁！曾经有那么一个轻松的时代……在1914年那场惨烈的战争结束之后，作曲家们、演员们、作家们都要从笼罩所有人的可怕的焦虑中解脱出来，他们重新找到了一种轻松的活法，感人极了，因为这段快活时光没能够持续太久……

马克：某些统治者的疯狂结束了这种轻松？

桑贝：有一些傻了吧唧的作家写了一些关于斯大林的事情，好家伙我们知道二战期间死了好多人，成千上万的人。多么可怕……突然又有了轻松一下的需要，呼唤轻松的环境，希特勒、墨索里尼……这些勇敢的小伙子让人类意识到即将陷入一个更大的悲剧……这些魅力十足的小伙子到处开枪。

马克：这种轻松的自由如今彻底消失了吗？善良的时代一去不复返……您想说我们变糟糕了吗？

桑贝：不幸言中！沉重、死板、蠢笨……

马克：人们更爱表现自己了？

---

1. 美国20世纪杰出的爵士乐钢琴家，对后世的爵士乐发展有着深刻的影响。

桑贝：自恋。米蕾耶有首歌："这是一条没头没尾的小路。"她写得太好了,太有趣了,太精彩了。

马克：要循循善诱,而不是强硬灌输,要让人有梦想,要让人带着乐观、宽容的眼光看世界?这些有点随便、有点跳脱、有点肤浅的歌,对您来说其实是一种人生观?

桑贝：(大笑起来)

马克：不是吗?

桑贝："在人挤人的地铁里,没有地方可以抓手,昨天有一位女士大叫起来:'您抓到我的胸部了。'我回了一句:'这有什么大惊小怪的。'"[1]要说这是一种人生观可能有点夸大了……不过那些歌词和音乐里的某样东西现在消失了,这样东西叫做和善。这些很有法国特色,有点滑稽,但是绝对没有恶意。

马克：有点亲切,和善,讲礼数?

桑贝：对呀,还很宽容。我初到巴黎时,人们的和善打动了我。而现在每一天都有悲惨的消息让我们担惊受怕,那种轻松消失了。不过还是有人内心深处保持着轻快。当年在战壕里都有人早上起来去洗漱时吹着小曲,尽管水龙头流出来的水很脏。

马克：所以总是有人不论什么环境下总是随意和快乐的……

桑贝：让·阿努伊[2]下过一个著名的定义……很多年来我都觉得荒谬,我也不知道为什么,我一直以为这是帕斯卡提出来的,我想在此重复一遍:"人是一种既有无法抚慰的哀伤而又快乐的动物。"……

---

1. 引文来自歌曲《最好得个猩红热》,米斯拉基作曲,霍尔内作词。
2. 法国著名戏剧家,代表作为《安提戈涅》。

马克：您呢，您快乐吗？您是无法抚慰的哀伤多一点呢，还是快乐多一点呢？

桑贝：我想我是快乐多一点，小时候我就是快乐的。

马克：不论什么环境？

桑贝：多亏了其他人！那些我喜欢的，拯救过我人生的人。没错，他们是快乐的，这些我爱的人，尽管他们偶尔悲惨过，不过总是快乐的。

马克：那么一直到今天您都是快乐的？

桑贝：现在因为我有点老糊涂了，所以我是快乐的，我的那些老毛病又都回来了。

马克：您总归还是有过无法抚慰的哀伤吧？

桑贝：噢，那当然，我一直都有。每每一提到艾灵顿公爵，我就要哭。很多年来我醒来时想起这家伙已经不在人世了就落泪。

马克：可是所有人都会死的啊……

桑贝：没错，不过他是我最喜欢的人。

马克：就是说您希望死在他前头？

桑贝：这样说未免太夸张了……

马克：时代变糟糕了，不过无论如何还是可以从歌里找到一点轻松……比如鲍比 · 拉普万特[1]……

桑贝：所有朝着这个方向走的人都被扼杀了，可怜的。

马克：怎么说？

桑贝：有一天意识形态掺合进来，要求人人都要严肃起来……

---

1. 法国演员和歌手，以其幽默的文字和文字游戏而闻名。

83

马克：那么人们服从了？

桑贝：您见过那张全世界都知道的照片，那张纳粹大会上令人叫绝的照片，所有人都抬起手臂，可是他们当中有一个家伙……

马克：……那个手臂交叉的人。

桑贝：多么非凡的勇气啊！

马克：轻松随意的风格在歌手和音乐中消失了……

桑贝：这种风格是美国人带给我们的，法兰克·辛纳屈[1]去世之后，没有人能够再自称为通俗歌手……太多的歌手想要表现他们自己的想法！

马克：您经常听辛纳屈吗？

桑贝：偶尔听听，我没有他的碟……噢不，我想我有一张。

马克：您喜欢辛纳屈什么？

桑贝：他的声音美妙，唱的英语我能听懂，他唱得非常好。

马克：所以人们称他为抒情男歌手？

桑贝：是的，人们说他是抒情男歌手，不过他现在被认为是其中最好的……

马克：抒情男歌手到底指的是什么？

桑贝：就是指一位很有魅力的男歌手，比如在法国有让·萨布隆。不过法兰克·辛纳屈是无与伦比的！

马克：对于您来说，辛纳屈之后就没有其他人了，是吗？

---

1. 绰号"瘦皮猴"，公认为20世纪最优秀的美国流行男歌手之一。

桑贝：没了，到他为止了，那个时代结束了！就是因为如此，我那绝世无双的艾灵顿走了之后我肝肠寸断啊，因为我知道他不在了，爵士乐就结束了。

马克：真的吗？

桑贝：真的，对我来说是的，还有些其他的……什么都没少，不过我爱过的和我爱的都没了。

马克：当您谈论那些轻松随意的、不那么一本正经的音乐时，您也是在给幽默画下定义吧……

桑贝：我最心爱的艾灵顿公爵好像说过这么句话，我希望他真的说过，爵士乐与音乐之间的关系就好比幽默画之于经典绘画。我偏心地希望他真的说过啊！我就爱重复这句话！

马克：从不把一种世界观强加于人……

桑贝：一时间民粹主义遍地开花，希特勒、墨索里尼还有一些艺术家都是些制造民粹主义的高手。民粹主义是一种奴役人民的可怕的东西，它一边愚民一边让老百姓觉得是发自内心的。而愚昧的反面正是轻松……

马克：这个时代幽默画也消失了……

桑贝：不幸言中！

马克：说到底您就是一只恐龙……

桑贝：得您如此雅赞真是荣幸之至啊！我担心极了。

马克：不过真的，法国已经没有幽默画了……所剩无几。

桑贝：在盎格鲁－撒克逊文化之摇篮的美国也没有了。

马克：今天还有谁有这份轻盈，用这般的眼光看世界的吗？

桑贝：不单单只有音乐家和插画家，还有很多画家，比如劳尔·杜飞[1]，人们不把他放在眼里，不过他就很轻盈。还有维米尔，他画里那种生活中的平静与祥和多么美妙，多么细腻，感人至深。最近在卢浮宫，夹在拥挤的观众当中，我得以一窥世人皆知的《倒牛奶的女仆》。这真是一幅神作，会让你有取下这幅画去拥吻那位女仆的冲动，去喝一口她倒的牛奶，坐到羽管键琴前，当然要是房间里有一架的话，弹一首岁月静好的曲子，就像巴赫的《耶稣，吾民仰望之喜悦》。啊，当你做完这些，一切都是那么平静，那么惬意，尽管猫还是要逮耗子吃，一切都不要紧。

马克：对您来说，《倒牛奶的女仆》是一幅特别轻盈的画咯……

桑贝：特别温柔，对，温柔就是一种轻盈的感觉。死亡的阴影不复存在，这难道不是一个美妙的世界吗？这样的光明从哪里来？这样的宁静从哪里来？还有四周都洋溢着的善良。您特别了解我，我不是一个没有理智的人，但是会疯狂地爱上某些人。比如一位特别了不起的作家名叫瓦西里·格罗斯曼，他生前没能看到自己写的书出版，他一生饱受克格勃迫害，书被禁止出版。当您读他的书——当年人们藏在大衣里面读——您会发现这家伙的遭遇极其悲惨，他受到关押，被遣送到西伯利亚，死之前他说："我相信善良。"这就是全世界皆有的善良。

马克：您喜欢的音乐家，还有您喜欢的歌唱家、艺术家，他们都相信善良？

桑贝：啊，这个我说不准，不过他们都是善良的。

马克：那么您呢，您是善良的吗？（发出一阵大笑）在您感觉轻松的歌唱家里，您很快地带过了米蕾耶……

桑贝：不过，米蕾耶是位作曲家啊！她写的旋律太棒了，在我眼里她跟格什温、欧文·柏林这些美国大牛是一个级别的。

---

1. 法国画家，擅长风景画和静物画，早期受印象派和立体派影响，终以野兽派的作品出名。

马克：那么她唱歌呢？

桑贝：她跟让·萨布隆一起唱的歌还可以，不过我更喜欢她写的曲子……

马克：她唱歌您不怎么喜欢……

桑贝：不喜欢……不过她在电台做的歌唱班节目还不错，偶然也有难听的。这群形形色色的人中间有很多严肃的犹太人，不过他们写歌唱歌都很出色，都很快乐！没错，他们有太阳做证[1]……

马克：当代歌手中您喜欢谁？

桑贝：甘斯布[2]。我喜欢甘斯布重新演绎的普雷维尔的《落叶歌》："噢，我希望你能回忆起那首你喜欢的歌，我想那是一首普雷维尔和科斯马的歌……"回味无穷，奇妙极了。

马克：这可真不是一首快乐的歌……这是一首分手歌……

桑贝：我同意，这首歌唱的是爱情到头了，不过唱得那么美，多么轻盈……

马克：您见过甘斯布吗？

桑贝：没见过，噢见过一次，我们握了一下手……在场人很多，就握了一下手，没别的。

马克：弗朗索瓦丝·哈迪您很熟吧，她每张碟都签了名给您。

桑贝：她送我的。

马克：您听过吗？

桑贝：听过，我倒是还爱听……如果我从收音机听到她的歌，会高兴地听下去。

---

1. 太阳与米蕾耶有关。她发行过唱片《太阳小姐》《为太阳歌唱》，出版过自传《有太阳做证》。
2. 法国流行音乐中最重要的人物之一，兼具歌手、作曲家、诗人、作家等多重身份。

为阿兰·苏雄的专辑《因为疾病》创作的封面，2011 年

马克：居伊·贝阿您喜欢吗？

桑贝：一般般，有些很难听，他对自己总是特别满意，不过他确实写了一些好歌。

马克：朱丽叶·格雷科吸引您吗？

桑贝：啊！她还不赖，唱得可以……

马克：阿兰·苏雄呢，您喜欢吗？

桑贝：我给他的几张碟画过封面，他出过一张专辑《因为疾病》，是献给与癌症作斗争的孩子们的，不过我没怎么听过他的歌。不过我有一种感觉，他做到了带着一种透明的温柔讲述我们的时代，他有一种自然的优雅，让他保持轻盈又不肤浅。他写过："到处都是希弗[1]，到处都是苏利泽[2]。"还挺有意思的。就像德内写的："我愿意用一个老旧的周六晚上换一个元气满满的周日早上。"而且他很迷人，腼腆又迷人。

马克：您对耶耶音乐风潮[3]完全没感觉？

桑贝：这个时代的歌手里面我从来没有发现对我胃口的。我以为咱们在一起是为了谈音乐呢！米歇尔·勒格朗 1984 年的一首歌总结了我对这个时代的感受，就是一群人不停地唱着："耶耶耶耶！""耶耶耶耶！"就是这个时代的总结。

马克：您更喜欢摇滚？

桑贝：噢！那要看把什么叫做摇滚。有一种来自美国的跳舞方式，一群存在主义者在地下室乱蹦，如果您把这个叫做摇滚的话。对我来说，摇滚是一种对音乐的污辱。荒唐极了……

马克：这种对音乐的污辱可是有千千万万的人为之疯狂啊……

桑贝：可能吧，不过我从来不放在眼里！对于我来说这是一种低能弱智音乐，您知道，我说的每一个词都是掂量过的！

---

1. 超级名模。
2. 成功人士兼畅销书作家。
3. "耶耶"为音译，原文为 yéyé，是英语 yes 的变形，美国摇滚乐中常出现 yes，翻译成法语的时候，为了更通俗化，用了 yé，后来形成了一股风潮，和以甘斯布等人为首的所谓"左岸音乐"相抗衡。

在工作吗？

这是舞会笔记本，喏，是这么用的：第一个来邀请你跳舞的
年轻男士，记下他的名字，然后在对面记录下跟他跳了一支舞，
或者两支舞，然后记下第二个请你跳舞的，以此类推……

下面这首歌是对极端的碾压人类的无处不在的机器的直接反击……

摇摆起来真上头，小心你的发型！

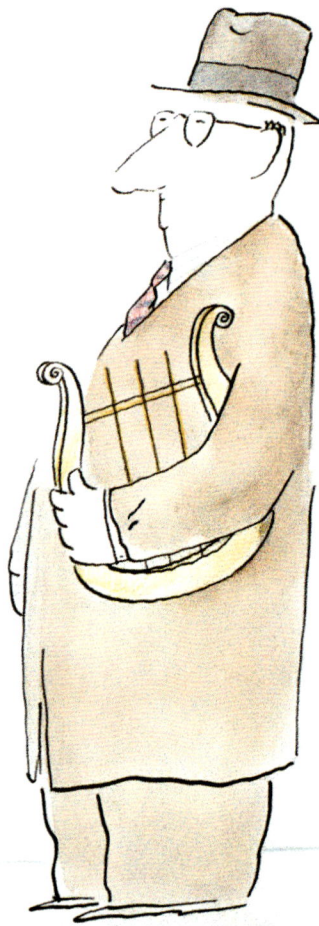

桑贝：有一天，天使加百列来到我家，他扑扇着翅膀，羽毛到处飞，他向我宣布老天给我的福报来了，他问我："你想弹得跟哪位钢琴家一样好？瓦尔特·吉泽金怎么样？"我回答："好呀，吉泽金，简直不可思议。不过，不，不，不是他……""那么霍洛维茨，最伟大的霍洛维茨可以吗？"我回答："不要，不要……"天使加百列扑打了两下翅膀接着问："你想的到底是谁？古尔德？"最后我坦言："我喜欢古尔德，不过不是他。我啊，我想要弹得跟艾灵顿公爵一样好，就是他，我要弹得跟他一样好。"

马克：他只给您留下了几根羽毛，可是他没有帮您完成心愿啊……
桑贝：哎别提了！他可能给了我一点小暗示，就像他去见过嫁给木匠的善良的马利亚之后不久她就生下了耶稣。不过他这趟来见我好像效果不佳，他只是笑眯眯地给了我一个建议："从现在开始好好练琴，你等着,总有一天会实现的。"我要说啊，天使加百列那天真是有点让我失望……

马克：您到底听从他的建议了吗？
桑贝：我花了很多时间模仿艾灵顿公爵：当他要弹一个音时，他会先轻触这个音的前一个键，然后再用力弹下第二个键，这样就产生了一种不易察觉的节奏差。对他来说，他天生会这么弹，而我呢，我需要在钢琴前连续练习好几个小时。您瞧（他在钢琴上示范起来）：我要弹一个"来"，"来"前面的音是"哆"，我要轻轻按下"哆"，然后使力弹出"来"，这样就出来一个音差感，我啊，我这一辈子都特别迷这个调调。当我还是小孩，听到这个就兴奋得不得了。后来我知道了，这么弹的时候才有爵士乐的感觉，爵士乐感呀，就是"摇摆"。

马克：不过您一直不会很好地"摇摆"？
桑贝：当然不会咯！

马克：看来您也不是很有天赋嘛？（大笑起来）

桑贝：真没有，我有耳朵，但是我没有天赋。艾灵顿公爵写过的一首歌里有一句大概是这么说的："你弹得还不错，不过你要是没有摇摆就一文不值。"爵士乐感是一种察觉不到的摇摆，如果没有这种摇摆，那您弹的东西一文不值……

有两个年轻人录了一张有意思的专辑，两个法国年轻人，他们这么唱道："摇摆起来真上头，小心你的发型。"我一听就乐了，我特别爱这首歌。

马克：这么说您不会摇摆，实际上是担心弄坏发型？

桑贝：我曾经自以为是地认为我有，不过唯一的问题是，我不知道用英语该怎么说这句话："一切还不错，不过因为您不懂摇摆，所以这些一文不值！！！"

马克：原来是因为英语不好，您没能学会摇摆？

桑贝：没错。我这么说显得有些自负，我觉得我内心是有摇摆感的，不过我需要多练习，就像天使加百列给我的建议。

马克：您的朋友萨夏·迪斯特没有得到天使的光顾，他会摇摆吗？

桑贝：萨夏？噢，他当然会！法兰克·辛纳屈录过一首他写的特别好听的歌……《噢美丽的人生》每听一遍都能打动我，一看到萨夏·迪斯特，就忘记了死亡的存在。他一出现，古铜色的皮肤，没有一根白头发，一嘴白牙笑容灿烂，身体倍儿棒倍儿结实。我心想："好嘛，这就是活证：死亡根本不存在。"萨夏，太牛了，他就是"生命力"的代言人。

马克：不光只有艾灵顿公爵和萨夏·迪斯特会摇摆吧，还有谁会呢？

桑贝：……

马克：亨利·萨尔瓦多有爵士感吗？

桑贝：无法反驳，从某种意义上来说他有吧。不过没法跟最伟大的纳·京·科尔和法兰克·辛纳屈相比，一个爵士音乐家必须会摇摆乐，不然他就不是一个爵士音乐家。

马克：这就是说有很多演奏爵士乐的人并不是爵士音乐家？

桑贝：没错，他们水平很糟糕！

马克：如今会摇摆的还有谁？

桑贝：我不太了解现在的音乐家，不过他们当中有很多人，尤其是一些年轻的女歌手唱得不错，比如史黛西·肯特她唱得特别特别好，她翻唱过保尔·米斯拉基一首非常好听的歌《池塘》，我很喜欢。

马克：她用法语唱的？

桑贝：对呀，听到保尔·米斯拉基的歌我特别特别开心。

为米歇尔·马涅的专辑《点彩派音乐》（鲍里斯·维昂配文）创作的封面，1959 年

马克：米歇尔·勒格朗有爵士感吗？

桑贝：他有，米歇尔他什么都有，包括强烈的个性。他很了不起！他什么都会。他跟娜迪亚·布朗热正儿八经地深入学习过经典音乐，娜迪亚·布朗热要求他每一天都写信。

马克：写信？

桑贝：对呀，同她保持联系！通过要求他每天写信，教他作曲！

马克：米歇尔·勒格朗也是需要有点天赋才能从中受益吧，不是吗？

桑贝：他是个旋律高手，您只要给他两个音他就能写出一段旋律！他是一个了不起的作曲家啊！他可以像一个高水平的运动员一样工作，这一点确定无疑！从技术上来说他什么都会。

他和雅克·德米一起做的东西太出色了。雅克·德米诙谐生动的歌词搭配上米歇尔的音乐简直是完美。雅克·德米是个可爱的家伙，我喜欢他的旧日情怀。在他的电影里，总是有聚散离合，一个男人遇到了一个女人，不过女人走了，男人留了下来。他们也许会再相逢，不过也说不准，总之看到最后才知道，总是这样子。他的电影里有些特别忧伤的东西，尽管他轻描淡写……

马克：您的画也是这样吧……

桑贝：求您了，别老瞎比较！我已经跟您讲过：跟建筑师们比起来我就是个挖土工……有一天我梦见达·芬奇驾临寒舍，他手里拿着一根铁丝在撬我的门……达·芬奇谁呀，无所不能，撬开我家门锁简直小菜一碟……他冲着我说："听着，有一幅画逗得蒙娜丽莎很开心，你告诉我该怎么画幽默画？"我回话："你在笑话我吗？你这个伟大的天才，全宇宙降生过的最伟大的天才之一，你来问我怎么画幽默画……不过你画不了：你是个天才，而画幽默画呢，只需要勤奋地画啊画啊画。所以你画不了幽默画，你已经太有名了。"他气急败坏地离开了。这件事弄得我经常睡不好觉，我怨自己惹他生气，跟一个天才结了梁子……还好后来我们和解了……

为米歇尔·勒格朗和斯蒂凡·格拉佩里的专辑创作的封面，1992 年和 1996 年

德彪西，

　　同艾灵顿公爵一样，

只要两个音就能听出是德彪西，

　　　　《月光》就是这样的。

桑贝：我经常梦见星期五晚上请客吃饭……我所有的朋友都来了，特别是艾灵顿公爵，还有拉威尔和德彪西。结果有一天那个白痴埃里克·萨蒂[1]在一次采访中带着他那一贯的小聪明说："拉威尔本人拒绝了荣誉勋章，不过他写的那些音乐都眼巴巴地盼着拿勋章呢。"我听到这句话气坏了，因为我的朋友拉威尔是个心肠多好的人啊，埃里克·萨蒂简直是胡扯。

马克：骂人不带脏字。

桑贝：太损人了。我对萨蒂说："他对你怎么了？拉威尔这么好的人，你说这些话简直是……脑残。"结果他说："噢，本来就是这样嘛！我说出了我的真实想法！"我对他说："听着，你让我非常难受……我不能把你从饭桌上赶走，也不能叫你不要再来了，我做不出来这种事，可是我该怎么面对那么和蔼的拉威尔，他一见到你就不开心。"就这样我只得无奈地中断了我特别在乎的这些晚餐。全赖萨蒂……

马克：所有人都同时到场了？艾灵顿公爵、拉威尔、埃里克·萨蒂、德彪西他们都同时出现了？

桑贝：这是不规律的。

马克：谁想来谁来？

桑贝：对。

马克：这事发生在什么地方？

桑贝：我家，至于"我家"在哪，我也不知道。有个特别大的房间，里面摆着好几架钢琴，一人一架钢琴。对于拉威尔、德彪西和艾灵顿公爵来说，钢琴必不可少啊，他们仨想弹就弹，没完没了地聊着音乐……

---

1. 法国作曲家，其音乐观点对现代音乐有举足轻重的影响。

马克：他们三位一起弹钢琴啊？

桑贝：一位开始弹，另一位点评然后也开始弹起来……简直太完美了！

马克：可是萨蒂总想过来抖机灵……

桑贝：他对自己那些新奇想法特别自信……

马克：舒伯特呢？您偶尔也邀请他来吃晚饭吗？

桑贝：会请的，他我喜欢。不过需要明白这一点：我喜欢他们所有人，不过我更偏爱其中某几位。他们给我打电话的时候，我必须做一番选择。

马克：您说的都是您的梦，那么您说："我只得无奈地中断了我特别在乎的这些晚餐……"您能指挥梦？

桑贝：梦要靠我来激发！实际上，当我做这些梦时，最讨厌的是我还能听到一个画外音在对我说："不可能！你知道这些是不可能发生的……他们都已经不在人世了，傻老帽，等等。"特别讨厌。

马克：尽管这个画外音要把您拉回现实，您还是一个劲儿地继续做梦？

桑贝：噢，那当然！这些梦多棒啊！我特别享受我的梦……

马克：您说"梦要靠我来激发！"具体什么意思？

桑贝：在睡着之前，我就在脑子里开始安排起这些晚餐，我构想出一些情景……不想这些，我就睡不着觉。我永远不知道哪些事情是我自己编的哪些是我梦到的……

马克：您期待着这些梦……

桑贝：没错！就像对生活的期待一样咯……

马克：德彪西、拉威尔、萨蒂，是您的铁三角咯？

桑贝：不对，我的铁三角是德彪西、拉威尔和艾灵顿公爵。

Pauvre Monsieur schubert.

图注：可怜的舒伯特先生

马克：我说的是经典音乐呢……

桑贝：根本没有经典音乐这一说！

马克：是吗？

桑贝：就是，德彪西不是什么经典音乐，就是音乐！同样道理，对于我来说艾灵顿公爵和拉威尔之间没有高低贵贱之分……艾灵顿超喜欢拉威尔，他的同事兼好友比利·斯特雷洪写过一首怀旧情怀浓烈的优美的曲子《花开时节》[1]，我觉得这首曲子绝对有点拉威尔的意思。还有斯特拉文斯基[2]，这人脾气很臭但不傻，有一次他企图迅速地把查理·帕克[3]的一段即兴记下来——他呀，他什么都会——后来他放弃了，他跟不上。说白了，不论您拿什么来辩论拿什么来反驳，我都不会改变我的观点！

---

1. 此处桑贝似乎记忆有误，他把歌名记成了《花开时节》（*Flower Blossom*），但斯特雷洪写过的曲子是《生活是一朵花》（原名为 *Life is a flower*，又名 *Lotus Blossom*）。
2. 俄裔美籍作曲家、钢琴家，代表作有《火鸟》《春之祭》。
3. 美国黑人爵士乐手，外号"大鸟"。

马克：德彪西的音乐，您说是一种勾魂的音乐？

桑贝：德彪西，同艾灵顿公爵一样，只要两个音就能听出是德彪西，《月光》就是这样的。您完全沦陷了，一下子就被某种东西带走了，不在原地了，您也不知道自己身处何处……就像朋友维米尔画的《倒牛奶的女仆》。而且在我看来，他们是在一起搞创作的！

马克：这首《月光》您会弹吗？

桑贝：我有一位邻居目前因为工作的缘故不在巴黎，这位芳邻是女高音歌唱家。有一天她来到我家，胳膊下夹着一份乐谱。我一看：德彪西《月光》。我说："您没搞错吧，您想让我弹它？"她说："您瞧好了：我给您示范，您看着我怎么触键。"在她的带领下我糟糕地但是完整地弹出了《月光》。我高兴疯了！（他哼唱起来）我魂飞天外了……

马克：这是一首无与伦比的曲子……

桑贝：啊！这是一件多么伟大的杰作！我一直很爱桑松·弗朗索瓦，因为当初我就是听到他在电台节目里面说："这是法国音乐中的一件瑰宝。"

马克：您现在就是桑松·弗朗索瓦二世了？

桑贝：(大笑)在我住的这栋楼里算是吧！前提条件是我那位歌唱家芳邻必须陪在我身边……

马克：拉威尔您还没演绎过吗？

桑贝：您别笑话我了，还是听听《达芙妮与克罗伊》吧。这首曲子第一部分给您的印象是音乐家们纷纷到场，等过了一阵子人到齐之后，拉威尔老爹掀起了一阵海啸，您感觉一股音浪好像从埃菲尔铁塔顶端狂奔下来，您完全被吸引住了，这音乐有种惊人的力量。艾灵顿、斯坦·肯顿，还有好多人都狂爱这一段好似浪涛一般把人卷走的音乐……

马克：其他的音乐家都入不了您的法眼？甚至是巴赫？

桑贝：自打我俩认识起您就注意到了，我是个一分为二的人：一方面糊里糊涂，神经兮兮；一方面还是比较严肃认真的……

马克：还算理智……不能夸大，还算理智……

桑贝：我太愚钝，所以对巴赫还不够痴狂。巴赫是如此了不起，如此完美……在他那里一首简单的歌，比如所有孩子都会唱的《耶稣，吾民仰望之喜悦》，对于我来说都是如此的优美，又是如此的简单。我不愿被您笑话，这是成功的旋律，巴赫写的旋律很成功，简直太棒了……不过歌词呢……

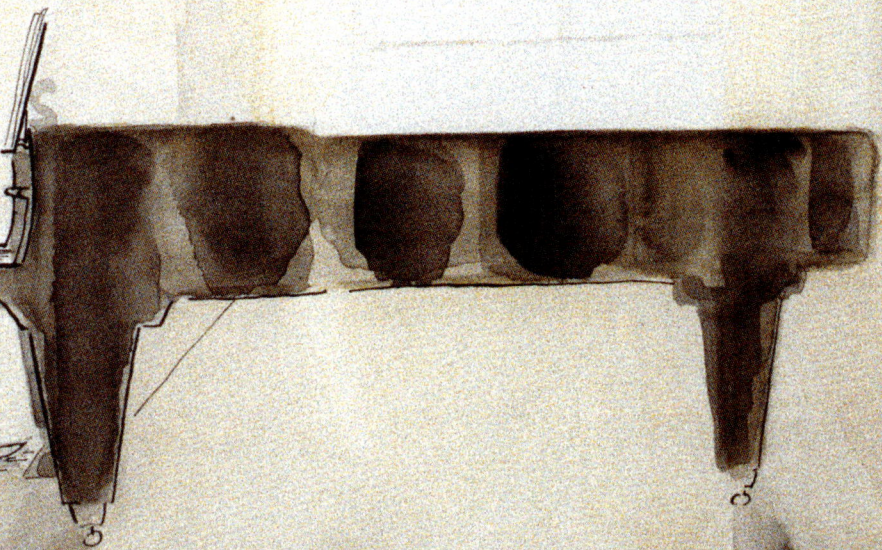

马克：您喜欢约翰－塞巴斯蒂安·巴赫的音乐配上查尔斯·德内的歌词？

桑贝：（笑起来）您知道我没有高下之分，我才不管什么音乐类别呢，我就是喜欢这样。

马克：莫扎特呢？

桑贝：我不想伤了小小天才莫扎特的心，我必须向您坦白我完全无感。莫扎特很不错，不过就像《格尔尼卡》[1] 无法与《倒牛奶的女仆》相提并论，我不喜欢《格尔尼卡》。

马克：肖邦呢？

桑贝：他还行。有一次我在电视里看见霍洛维茨弹奏著名的《波兰舞曲》，太精彩了。（他一边打拍子一边哼唱起来）

马克：您不邀请肖邦来吃晚饭吗？

桑贝：当然会！他头脑不简单啊，嗯！他要是头脑简单，并非自愿的话，怎能跟乔治·桑[2]生活在一起，他有能耐……

马克：能从他的音乐里感受到这些吗？

桑贝：我不知道。

马克：他好过李斯特？

桑贝：噢，当然！不过李斯特很棒，他是个天才。我该怎么说呢……就好比您问我马蒂斯的一些画是不是好过莫奈，我也会像个傻瓜一样点头！我早晚会被您这堆问题惹毛了，您也许明白我喜欢所有音乐家，不过我有我的偏爱。

---

1. 毕加索的代表作。
2. 19 世纪非常活跃的法国女作家，可以说是女性主义的先驱，和诗人缪塞、钢琴家肖邦有过恋情。

如果我斗胆表示喜欢普契尼胜过威尔第，

　　我知道行家们都要笑话我，

　　　　　不过我就是喜欢普契尼的轻快。

马克：您喜欢歌剧吗？歌剧让您感动，让您愉悦吗？

桑贝：歌剧我谈不上酷爱……无疑是因为我不懂这一行。在艾克斯－普罗旺斯的时候，我想我去听过两回歌剧。我记得那是由本杰明·布里顿改编的歌剧《螺丝在拧紧》，讲两个被幽灵威胁的小孩子的故事。我记得我被打动了。另外我非常喜欢普契尼和他大胆的和声。《波希米亚人》里面咪咪悲惨的命运让我感动。我非常喜欢普契尼。

马克：威尔第呢？

桑贝：还好，不过普契尼……啦啦啦（他唱了起来）。如果我斗胆表示喜欢普契尼胜过威尔第，我知道行家们都要笑话我，不过我就是喜欢普契尼的轻快。

马克：我猜想您一定不是瓦格纳的粉丝吧？

桑贝：您猜对了！

马克：莫扎特的歌剧呢？

桑贝：小小莫扎特让人疯狂，他那曲《魔笛》的确不赖。不过，如果说一定有一个我讨厌的人，这人就是给莫扎特歌剧作词的洛伦佐·达·彭特。我不该说得这么直白，但我真心认为《女人心》写得糟透了！不过说实话，歌剧不是我的最爱。我在歌剧厅里的大部分时候都想笑！那些舞美和戏服有时候很滑稽，不过我还是少说两句为好。实际上有我喜欢的就够了……

马克：这算不算缺乏好奇心呢？

桑贝：这就好比说女人的魅力。如果在太太面前责难一个忠贞的男人缺乏好奇心，理由是他不喜欢拈花惹草，只钟情于太太，那么这位女士肯定会不高兴，这个男人也高兴不起来……不过我很抱歉：我的三个朋友，艾灵顿、德彪西和拉威尔已经足够让我幸福了。我的真爱，没有那么高雅，就是爵士歌曲加一点点古典音乐。这也许会让您惊讶，甚至生厌，不过这就是我的选择！

129

您不该采访我，

您该采访德彪西啊……

马克：您记得您第一次画过的音乐家吗？

桑贝：我画过的音乐家？

马克：或者说您第一次画过的音乐主题……

桑贝：那是一张我保存了很久的画，但是我弄丢了。我画的是一家卖乐器的铺子，有一只猫从门前经过，就是这样。

马克：您更尊重音乐还是音乐家？

桑贝：很长时间以来我自认为我尊重的是音乐家。不过随着时间的推移，我明白这是荒唐的：如果没有音乐哪来的音乐家！

马克：可是没有音乐家的话，音乐就是一堆写在纸上的音符啊。而有一千种方式来演绎它……

桑贝：好吧，那我就说我爱音乐同样爱音乐家，对音乐家还多加一份敬意……

马克：……胜过您爱画画……

桑贝：每次我在大街上看到年轻的女孩子背着小提琴，年轻的男孩子背着贝斯或者吉他，就很受触动。他们背着的是他们的音乐呢，一想到他们花好几个小时练琴我就感触良多。

马克：您也会想象他们外出巡演的样子？

桑贝：您想象过巴赫坐在马车里为他效力的公爵谱写最后一支曲子的样子吗？多带劲。

马克：您笔下的音乐家一般都是乘坐火车或者巴士吧……

桑贝：我觉得带劲的是三四个音乐家聚在一起组个乐队，走南闯北在法国各地的音乐节演出。我喜欢一个聚在一起玩音乐的小团体。

135

马克：尽管这些乐队，或者就说坐在火车站台长椅上抱着提琴箱子的这四位，不都是音乐高手？

桑贝：对于那些练习音乐的人们，即使他们够不上高水准，我都满怀柔情。那位把自己当成萨克斯风手的矮个子先生，那个钻研乐谱的小姑娘，还有那个坐在跟自己一般高的大提琴前面的小男孩，他们都深深地打动了我。

马克：因为从他们身上看到您的影子？

桑贝：（沉默片刻）那倒没有，他们多么用功！而我呢，我真想加入到这一群小男生当中，我总是一个人坐在桌子前画画……

马克：您也经常画交响乐团排练或者开场时互相致意的场景……

桑贝：我不确定自己喜欢您提到的画，人们经常见到，也许是太多了。画得不好，我重新画过，不过总是没法画好。

马克：您温柔的目光会投向交响乐团中的哪一位？

桑贝：所有人。我投向指挥，指挥向第一小提琴手致意；我投向第一小提琴手，他或者她向第二小提琴手致意，第二小提琴手向大提琴手致意，大提琴手向另一位大提琴手致意……我不会偏爱谁：他们都是那么和蔼可亲……

马克：最后一直到敲三角铁的那位……

桑贝：是的，最后那位在最高处，特别腼腆的小个子，他打动了我。因为如果您是在卡拉扬的指挥下敲三角铁，我想那肯定开不得半点玩笑。

马克：您也画过很多爵士音乐家，您甚至画过艾灵顿公爵呢！是在向您的偶像致敬吧……

桑贝：致敬不敢当。我更愿意把那些当作小孩子的画，手很笨地努力重复地画同样一个人。我遇到艾灵顿公爵的妹妹时表现得手足无措，出版商在她光临的那次画展上展出了一两幅我画的艾灵顿公爵的肖像画，那些画我画得一点也不好。但是她特别客气地对我说她很喜欢，这让我更加尴尬了。我还画过贝西伯爵……就当画的是他吧。这些画都没有名气。不过如果有一天我心情好，我就重新开始画我的偶像们……

马克：您也画了很多练习音乐的小朋友，让人感觉他们是被人拘着在练小提琴或者钢琴，其实他们更想去踢球……

桑贝：您认为我现在已经是一只老蛤蟆了，就不会在键盘前面为了弹对一个"来"满头大汗吗？比起弹对一个音我当然愿意去歇着咯！

马克：您画的这些小朋友身上也有您的影子？

桑贝：有。不过所有我认识的音乐家，除开艾罗尔·加纳这样的天才什么都不需要学就弹得跟莫扎特一样，所有人都对我说他们如果不是被逼着练琴，才不会成为音乐家呢！

马克：您对合唱团感觉如何？

桑贝：我有喜欢的合唱团，四重唱，大部分是美国的。有一天我听了一个名叫"节奏之声"的比利时合唱团，他们经常与雷·范图拉的新乐队一起合作。我经常听他们唱歌。

马克：我是说如今那些社区或者教堂组织的业余合唱团……

桑贝：这些决定走到一起来唱歌的人们让我印象深刻：这件事情不容易，需要懂音乐，不能唱错……我有一个朋友参加了合唱团，同她一起来弹奏和唱歌的还有一位慕尼黑交响乐团的小提琴手。

马克：钢琴肯定归您了吧？

桑贝：我需要提醒您，如此取笑我的能力很不体面……

马克：我还要继续呢！您画的乐器跟自行车一样糟糕，您从来不考虑它们是否符合实际吗？

桑贝：是吗？没错！您让我想起了一位非常有意思的先生给我写的信。那是在《一点巴黎》出版之后，那本书我画了好几年。这位有风度的先生写信说："我买了您的书，我喜欢。我向您道贺的另一个原因是看得出来您不喜欢埃菲尔铁塔，因为您把它画得很难看。"他是一个讲话客气的人，他不想直说您画得不好看，但实际上他就想这么说。不过，我爱埃菲尔铁塔，就像爱蒙娜丽莎，爱艺术桥一样。这些我都爱，如果有人告诉我画得不好看，我并非心怀恶意，那只是因为我没办法画得更好，或者没法画成其他的样子。

马克：您更喜欢画写意画而不是写实画？

桑贝：没错，我画的小号是错的，我画的自行车不能骑！我并不为此得意，不过我向您保证，我画了我能够画的！

马克：这就是您对现实的演绎？

桑贝：这是一种手法。如果您给心爱的女人写信表达："我爱你。"您得动脑筋在"我爱你"三个字上做足文章，否则您的"我爱你"就黄了。人生就是这么难。

马克：您在画里也做足了文章？

桑贝：您别忘了，我是一个挖土的，正在用休息时间跟您好心说这些，我斗胆对您说："您完全搞错对象了，您不该采访我，您该采访德彪西啊。"

马克：人家跟我说他没空，要不我早就找德彪西了……

桑贝：可惜了。

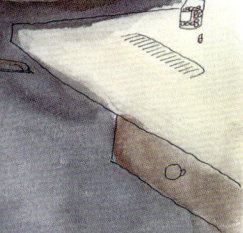

22/40.

sempé.

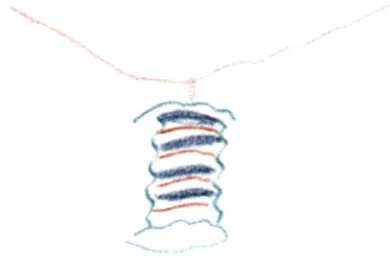

Sempé

图片版权：P103 图片为《瑟堡的雨伞》音乐剧海报，由米歇尔·勒格朗和雅克·德米制作（桑贝和樊尚·维托兹负责布景，瓦内莎·斯沃德负责服装），2015 年在沙特雷剧院上演

致谢：若埃尔·夏里奥、莫尼克·勒卡尔庞蒂耶、伊莎贝尔·龙东、安娜·巴凯和阿兰·苏雄。

Jean-Jacques Sempé
Musiques
© 2017, by Sempé, Éditions DENOËL et Éditions Martine Gossieaux
This edition is arranged through Dakai agency Limited.
2021 SHANGHAI TRANSLATION PUBLISHING HOUSE (STPH)
All rights reserved.

图字：09-2018-084 号

图书在版编目（CIP）数据

桑贝：一个画画的音乐家 /（法）让－雅克·桑贝，（法）马克·勒卡尔庞蒂耶著；
李一枝译 .—上海：上海译文出版社，2021.11
（桑贝系列）
书名原文：Musiques
ISBN 978-7-5327-8737-1

I. ①桑… II. ①让…②马…③李… III. ①随笔作品集—法国—现代 IV. ① I565.65

中国版本图书馆 CIP 数据核字（2021）第 171870 号

桑贝：一个画画的音乐家

[法]让－雅克·桑贝 著／绘

[法]马克·勒卡尔庞蒂耶 著

李一枝 译

责任编辑 黄雅琴
装帧设计 胡 枫

上海译文出版社有限公司出版、发行
网址：www.yiwen.com.cn
201101 上海市闵行区号景路159弄B座
上海雅昌艺术印刷有限公司印刷

开本 889×1194 1/16 印张 13 插页 4 字数 36,000
2022 年 1 月第 1 版 2022 年 1 月第 1 次印刷
印数：0,001—8,000 册

ISBN 978-7-5327-8737-1/ I·5396
定价：178.00 元